Les Soirs

d'Ombre et d'Or

FRÉDÉRIC SAISSET

Les Soirs d'Ombre et d'Or

PARIS

EDITION DV MERCVRE DE FRANCE

XV, RVE DE L'ÉCHAVDÉ-SAINT-GERMAIN, XV

M DCCC XCVIII

A Georges Rodenbach

en témoignage de respectueuse admiration

et de reconnaissance profonde.

F. S.

AUX BATAILLES DES SOIRS...

A Jean Viollis

Aux batailles des soirs vers les couchants pourprés
Où tant de sang tache le ciel qui s'enlinceule,
Mon âme ivre de songe a rêvé d'aller seule
A travers la douceur odorante des prés.

Là, j'ai senti ma vie unie aux harmonies
Vagues des violons vibrant dans les grands bois,
Et j'ai cru reconnaître aux murmures des voix
Les échos des chansons de mes jours d'agonie.

I

O grands soirs endormis sur mon âme à jamais,
Je sens votre pâleur envelopper mon rêve,
Et du fond du passé la figure se lève
D'une enfant idéale et fière que j'aimais.

Vous l'avez conservée en vos plis de mensonges
Parce qu'elle a souffert des tragiques parfums
Qu'exhalent les étangs blêmes des ciels défunts,
Et vous avez gardé la splendeur de ses songes !

La voici revenir avec ses yeux fièvreux
Projetant sur sa route une lumière étrange ;
Ses lèvres ont de longs baisers de mauvais ange
Qui versent dans ma chair les songes ténébreux.

Elle est belle. Son port est svelte et pacifique ;
Son visage au repos comme une vaste mer
Reflète la douleur de son sourire amer
Peuplé de souvenirs et de rêves antiques.

Elle est belle. Sa voix murmure en s'écoulant
Comme une source fraîche à travers ma tristesse,
Et, longs flots onduleux où vogue ma paresse,
Ses noirs cheveux d'orage inondent son front blanc.

Et vous, rythmiques soirs pleins de battements d'ailes,
De souffles parfumés et de gestes amis,
Vous bercez lentement nos deux cœurs endormis,
Soirs de mystère où plane une mort éternelle !—

PAYSAGE

À Romain Coolus

La lune sur le ciel a l'air d'une auréole
D'âme sainte défunte, et — lente — s'étiole
Et neige en lumière bleuie et si confuse
Que l'eau dans son miroir impassible refuse
De réfléter — exact et calme — son contour.

Des pins et des rosiers s'exhale tour à tour
Un parfum frais et fort qui se fond et se mêle
A l'harmonie ensommeillée et naturelle
Que le silence épand sur le regard des eaux.
On n'entend plus l'orgue innombrable des roseaux,

Et les rires du vent qui sont des chants de lyres
Se sont tus. Maintenant il passe des sourires,
Des souffles chuchotant parmi l'ombre un secret.
Le paysage est si pâle qu'il semble abstrait, —
Si vaporeux qu'aux yeux il paraît comme un rêve.

Du fond de l'ombre chaude une forme se lève
Et s'en vient par la route où je me suis assis.
Une femme en robe de neige et de soucis
Caressant de son pas le sommeil de la route
A fait croître mon rêve et s'élargir mon doute,
Pur fantôme surgi de mon âme d'amant !
Et dans sa voix chante son âme infiniment !
Elle chante si bas qu'on croirait qu'elle prie ;
Et je sens le parfum de campagne fleurie
Que le murmure de ses lèvres exhalait.
Et mon âme diffuse où maint rêve coulait
Cette nuit-là, garde l'image de l'Errante
Dont la voix s'est fondue en l'ombre enveloppante.

Belle comme la nuit autour qui l'enfanta,
Elle auprès de mon âme, il m'en souvient, chanta ; —
Et cette nuit de lune et de silence dort
Au fond de ma mémoire ainsi qu'un songe mort ;
Et quand ce paysage où la Femme a passé
S'éveille vaguement du fond de mon passé,
— Décor soudain issu de sa grise indolence, —
La Femme y vit avec la forme du Silence.

L'INSOUCIEUSE

Elle a passé dans le soir bleu de lune,
Comme une forme vague et d'autrefois,
Sous le ciel chaste, en comptant sur ses doigts,
Ceux qu'ont trahis ses grands yeux bleu-de-lune.

Elle a passé sous le rève effacé
Que le soir tisse aux arbres des clairières,
Fière et comptant sur ses doigts de lumière
Les baisers vains de ses amis passés.

Ah ! pauvres fous qui moururent si vite
D'avoir connu l'ombre de ses cheveux !...
Et, s'enfonçant sous les dômes ombreux,
Elle a souri dans son âme petite.

DANS LA FORÊT

A Camille Mauclair

Par les chemins fleuris de ténèbre et de rêve
Où ton âme nocturne a respiré sa foi,
.Les arbres recueillis semblent parler de toi.
De toi qui fus le compagnon de leur jeunesse.

Car ton enfance, prise au murmure naïf
Que les ruisseaux sous l'or des étoiles égrènent,
Vient du fond du passé, mélancolique reine,
Errer encor parmi la fraîcheur des avrils.

Elle s'ést reconnue en la chanson des sources
Au bord du lit de mousse où tu .t'endormiras,
Et toute la forêt te rouvre enfin ses bras,
O vagabond traqué par la meute des doutes.

Les arbres parlent bas sous leur feuillage épais
Et disent : « Il revient des luttes de la vie »,
Et ton âme, à leur voix, passante rajeunie,
Répond : « C'ést bien celui qui s'en était allé. »

Le voici revenu d'un monde de mensonges ;
Il vivra désormais dans votre calme obscur,
O forêts, qui poussez vos gestes dans l'azur,
Tranquilles, et sans voir les maudits que nous sommes.

Par vous il éteindra sa douleur de douter
Si les cœurs qu'il aima pareillement l'aimèrent ;
Il ouvrira son cœur à la saine lumière,
Confiant dans sa force et sûr de sa bonté.

Et si près des chansons de vos flûtes agrestes,
Assis dans la maison construite de ses mains,
Il oubliera le mal, et des rêves divins
Fleuriront de sa vie et de son cœur terrestres !

Parmi vos bercements, après le dur travail,
Lorsque le chant de l'eau purifie et console,
Il comprendra le thème lent de vos paroles
Et son âme croira grandir vers le soleil.

Toute la Nuit viendra sourire à sa fenêtre,
Et, travailleur robuste à son poste rivé,
Il verra l'avenir que son cœur a rêvé
Lui apparaître enfin dans sa grandeur réelle.

Et, parfumés des champs balançant leurs blés mûrs,
Les souffles frais montant de la source qui pleure
Arriveront, amis charmants, vers sa demeure, —
Et lui s'enchantera de les avoir connus.

Ses yeux, perdus dans des infinis d'harmonie,
Boiront l'ombre impalpable et les clartés du ciel ;
Son corps vivifié d'un printemps éternel
Se bercera sans fin sur l'aile des cantiques.

Des lointains horizons, du plus haut des éthers,
Des flots d'accords pleuvront de harpes inconnues,
Et des femmes apparaîtront parmi les nues,
Fantômes de douleur pour sa jeunesse nés !

Puis, sentant en lui-même une nouvelle sève,
Portant au fond du cœur le calme universel,
Il ira vers la ville où souffrent des mortels
Et les yeux dans ses yeux puiseront la lumière.

RYTHME

La Lune molle somnole
Au fond des cieux endormis.
L'essaim des rêves amis
De mon cœur en pleurs s'envole.

O le chant de ta parole
Qui s'évapore parmi
L'ombre fragile où frémit
L'écho d'une source folle.

La lune à travers les eaux,
Dans les piques des roseaux,
Promène sa nonchalance ;

Et maint souvenir lointain
Dans mon âme se balance,
Se tranquillise et s'éteint.

UN AIR SI DÉLIRANT

Un air si délirant et si mélancolique
Qu'il semble le murmure obscur de tes douleurs
Se prolonge parmi la lumière des fleurs
Et les caresse infiniment de sa musique.

D'où vient-il ce parfum léger comme ta voix,
Ta voix calme qui chante aux grèves de mon âme ?
Il arrive du fond nostalgique des bois,
Des grands bois assombris comme tes yeux de femme.

Qu'il est lent, qu'il est grave et lent à nous bercer !
Comme il éveille en nous sa tristesse lointaine !
Il vient avec le soir douloureux et glacé, —
Grave et lent — consoler notre âme de sa peine !

RENOUVEAU.

Mes yeux se sont perdus parmi les fleurs heureuses
Qui lèvent vers la Nuit leur calice enchanté,
Et mes lèvres ont bu dans les sources l'Eté —
L'Eté chanteur avec ses voix mystérieuses.

Mes sens ont tressailli par le matin fleuri
De regarder couler du ciel dans les fontaines ;
Et les ailes du vent aux chansons incertaines
Ont fait mon âme simple et mon cœur aguerri.

Au bon soleil j'ai rajeuni ma vie éteinte
Et je viens maintenant vers toi qui m'as aimé
T'apporter mon amour comme un lys embaumé
Par les enchantements de la nature sainte !

SONNET

Le soleil couchant s'endort dans la gloire
  De ses palais d'or.
  Le soleil s'endort
Parmi ses palais de pourpre et de moire.

Le soleil vaincu par l'ombre s'éteint
  Au ciel qui se fane ;
  Le soir diaphane
Disparaît ainsi qu'un vaisseau lointain.

Des souffles légers, des haleines chaudes,
Des reflets mourants et fins d'émeraudes
  Glissent en rêvant ;

O la belle nuit aux claires pensées !
Les étoiles d'or tremblent dans le vent, —
  Mollement bercées !

ANGOISSE

Hanté du souvenir de tes yeux de folie,
Sans cesse quand la nuit se désole au lointain
Je pleure, mais ces pleurs où mon âme s'oublie,
Ne peuvent pás tuer la force du destin.

Tu demeures, malgré ta trahison sanglante,
Vivante en ma mémoire où je t'entends railler,
Et ton rire éternel qui me fut famillier
Allume en ma douleur des flammes d'épouvante !

Oh ! ne pouvoir guérir de ce mal angoissant,
Qui traîne dans ma chair des frissons de torture.
Toujours sentir hurler comme une bête impure
L'hystérique sanglot qui monte de mon sang !...

Je voudrais te haïr et m'exiler de l'ombre
Que fait sur moi ton corps inexorablement
Et je ne puis tirer du fond de mon tourment
Que des mots affolés et que des pleurs sans nombre !

* * *

Sois maudite ; je suis las de lutter ; je veux
Connaître maintenant la douceur de l'aurore ;
Je veux reconquérir mon enfance que dore
Le virginal émoi d'un rêve vertueux.

Va-t-en ! Je ne veux plus aimer que la Nature !
J'ai soif de m'en aller par les champs en éveil ;
J'ai soif de poésie et j'ai soif de soleil,
Je veux d'une clarté plus naïve et plus pure !

Mon cœur a trop dormi loin des yeux du Printemps
Dans la honteuse horreur des fêtes sensuelles ;
Je me veux libre et fort, je veux rouvrir mes ailes
Dans les airs parfumés, sous des cieux éclatants !

Je veux vivre la joie exquise des collines,
Je veux sourire à l'ombre et boire ses parfums,
Et, loin de mes désirs malsains des jours défunts,
Je veux chanter avec les sources cristallines !

*   *
*

Mais hélas ! Je sais bien qu'au retour de la Nuit
Tentatrice apportant le péché sous ses voiles,
Je sentirais grandir mon rêve inassouvi ;
Et tes yeux me feront oublier les étoiles !

Je sais que, seul, ce soir — à moi-même rendu,
Mes bras s'agiteront vers tes chaudes caresses,
Et que je pleurerai comme un enfant perdu
Au regret lancinant des anciennes ivresses !

Je sais que tout mon corps tressaillera d'effroi
Devant l'obscurité que tu hantes sans trêve !
Tu ressusciteras dans les lointains du rêve
Pour que mon désir fou se brise contre toi !...

Ainsi toujours la Vie activement fidèle
A réveiller en nous le mal qu'elle a formé,
Accomplira son œuvre implacable et charnelle
Et nous souffrirons trop pour avoir trop aimé !

MUSIQUE AU-DESSUS DE LA MER

Au Comte Paul d'Abbes

Le clocher tinte un clair angelus sur la mer.

Les vagues en prière arrosent le rivage,
Épandant l'âpreté de leur odeur sauvage
Qui monte vers le ciel d'automne à travers l'air —
A travers l'air marin couché sur le rivage.

Le clocher tinte un clair angelus dans l'air flou.]

Les vagues vertes en troupeaux hurleurs et fous
Embrouillent aux galets leurs chevelures lourdes,
Et les rocs entr'ouverts sonnant de rumeurs sourdes,
Se dressent dans le soir vers le ciel calme et roux.

Le clocher tinte un angelus parmi l'air flou.

La mer va se désespérant, sauvage et haute,
Prolongeant ses clameurs désertes sur la côte,
Tordant et détordant ses bras multipliés
Où des voix chantent en cadence par milliers.

Le clocher mêle à l'air ses rythmes dépliés...

LE SOIR PASSE...

Le Soir passe au-dessus des monts,
Et regarde au loin dans les plaines.
Des yeux s'allument... Oh ! dormons,
Dormons sous les brises lointaines.

Des yeux s'allument en riant ;
Ce sont les yeux bleus des étoiles
Parmi le ciel luxuriant
Couvert de silence et de voiles.

Dormons... Le soir dort sur les monts
Revêtus de crêpes funèbres,
Les tambours des vents vagabonds
Sonnent la mort dans les ténèbres.

AUX PORTES DE LA NUIT

Un soir elle défit ses cheveux diaphanes,
— Onde crépusculaire où le jour a dormi —
Et je sentis mon âme en deuil glisser parmi
Le sombre flamboiement de leurs reflets profanes.

Son corps fait de lumière et de rêve brilla
Dans la glace fidèle où se mirait sa grâce,
Et son bras, dans un geste assoupi qui enlace,
Comme une branche sous sa tête se plia.

Les heures d'or sonnaient. Et je la vis sourire
De s'apparaître ainsi plus belle que le soir,
Tandis que l'ombre des hauts pins de la prairie
Baignait de brume et d'irréel le grand miroir.

Et dans la teinte grise où sa forme charmante
Se reflétait enveloppée avec douceur
Je regardais errer son sourire de sœur
Qui paraissait lointain au fond de l'ombre aimante.

Sa chanson s'attrista du deuil naissant des nuits
Dont l'haleine déjà rafraîchissait la chambre,
Et sa voix chaude où respirait un parfum d'ambre
Invita ma mémoire au sommeil des oublis.

Vers l'horizon où survivaient des reflets pâles
Elle tourna la tête avec lenteur, disant :
« Les harpes d'or que l'on entend à l'occident
« Fêtent l'orgueil des jouissances triomphales !

« Tandis que le soleil découronné descend
« Comme un guerrrier vaincu la montagne impassible,
« Je veux réaliser par ma chair et mon sang
« Le grand rêve d'amour que tu crus impossible !

« Oh ! viens la forêt pleure avec tous ses oiseaux !

« Le vent s'affole et fouette l'air de ses lanières.

« N'entends-tu pas monter l'âme verte des eaux ?

« C'est l'heure où nos baisers sembleront des prières !

« Nous parlerons si bas que les mots chuchotés

« Feront frémir en notre corps toute l'ivresse.

« Je m'abandonnerai dans tes bras et l'Eté

« Ajoutera de sa caresse à tes caresses.

« Et si tu veux parmi les parfums revenus

« Nous oublierons les cruautés dont nous souffrîmes,

« Et nos corps, à travers des frissons inconnus,

« Descendront l'infini des amoureux abîmes ! »

LA CHAMBRE DE L'AIMÉE

A M. Eugène Georges

La chambre solitaire où nos paroles douces
Ont endormi leur vol épars, où nos baisers
Se sont discrètement en silence posés
Sur les meubles — ainsi qu'un rêve — sans secousses.

Cette chambre bien close où ne parleront plus
Nos âmes à travers nos yeux mêlés sans trêve,
A gardé comme l'air défunt de notre rêve
Et l'humble souvenir de nos rires perdus !

Elle est grave à jamais d'avoir vu se sourire
Nos larmes dans nos yeux, hélas ! loin désormais !
Pauvre chambre de rêverie et de délire,
Si tu voyais comme elle est grave pour jamais !

RENCONTRE

A Maurice Magre

Je la vis un matin de clair soleil ouvrir
Ses grands yeux où nageaient des rêves d'innocence,
Et devant cette femme au sourire d'enfance
Je sentis sur ma vie un rayon resplendir.
Elle était fraîche et fine, et ses cheveux sauvages
Dénoués à la diable et dansant dans le vent
Encadraient de clarté son visage vivant
Comme un ciel que n'ont pas sillonné les orages.
Elle chantait, parmi l'Avril et les roseaux,
Les agrestes chansons que savent les fontaines
Et que son âme apprit aux collines lointaines

En écoutant l'éveil éblouissant des eaux.
Elle passa. Ses yeux luisants d'insouciance
Posèrent leur regard sur moi comme un baiser,
Et je sentis mon cœur renaître et s'embraser,
Et c'est depuis ce temps que j'aime et que je pense.

LA MORT EN CHEMIN

Ouvre la porte, entends marcher
Dans le lointain la Mort hagarde.
Retiens ton souffle. Entends. Regarde....
Sais-tu qu'Elle vient me chercher ?

Depuis que je l'ai pressentie,
Une nuit de rêve et de peur,
Mon âme vit sous la stupeur
Brutale de cette insomnie.

Ouvre la porte sans trembler
Toute grande ! Le clair de lune
Coulera sur nous ; la Mort brune
Comme elle doit te ressembler !

Va. Ne détourne pas la tête.
C'est bien Elle. Je serai fort.
Elle te ressemble, la Mort,
Elle est telle que tu l'as faite.

Que j'aurais voulu rester seul
Parmi les fleurs de ma montagne !
Je savais trop qu'une campagne
Me tisserait un lent linceul.

Ouvre la porte, ô mon amie ;
Je veux la voir sans tressaillir.
Je suis prêt: Elle peut cueillir
La vie en mon âme endormie.

Elle foule les herbes d'or
Où la lune morte ruisselle.
La Mort est comme universelle
Dans la nature qui s'endort.

Impassible et grave, elle avance.
La Nuit l'aime et veut l'enlacer.
Elle marche sans se lasser
La Mort, figure de silence !

Elle marche. On l'entend frôler
Les fleurs tristes d'un pas de marbre
Elle s'approche d'arbre en arbre.
Pourquoi peut-elle t'affoler?

Elle est douce malgré la haine
Qu'elle inspire à nos cœurs leurrés,
Et ceux qu'elle a désespérés
Ne se doutent pas de sa peine !

Ne pleure pas. Dans le jardin
Où je laisse mon âme errante,
Tu viendras à la nuit tombante;
Et je t'apparaîtrai soudain.

Nous causerons dans le silence,
Sous l'immobile volupté
Du ciel scintillant de clarté
Où la lune en fleur se balance.

Ne pleure pas. Elle a heurté
A la porte, ouvre-lui. C'est Elle.
Oh ! regarde ! Oh ! vois qu'elle est belle —
Qu'elle est belle d'éternité !

TU TE RAPPELLERAS...

Tu te rappelleras les grands soirs de jadis
Où longuement serrée en mes bras qui t'aimèrent
Nous écoutions la mer dont les vagues amères
Fouettaient de leur relent nos sens approfondis.

Oh ! l'immensité de tes yeux de somnolence :
Des songes indistincts y flottaient mollement ;
La mer les argentait de son reflet dormant,
J'y devinais — endormis — des soirs de silence.

Tu te rappelleras, quand reviendra l'été,
Ces grands soirs d'abandon que ma mémoire garde
Et l'ombre d'or éteint où la lune hagarde
Promène avec effroi son rêve de clarté.

Solitaire en ta chambre à la lumière triste

D'une lampe où meurent la vie et ses regrets,

Tu te rappelleras les parfums des forêts

Et les mers d'autrefois dont la splendeur subsiste.

Tu sentiras en toi monter avec lenteur

La douceur des baisers que nos cœurs échangèrent,

Et l'ombre des rideaux te sera plus légère,

Et tu seras moins seule au milieu de ton cœur !

JE SENS S'OUVRIR...

Je sens s'ouvrir mon cœur aux gloires du soleil...
Par cette après-midi d'été, je me sens vivre.
O mon Dieu ! si j'ai fui la hantise du livre
C'était pour le bonheur d'un rustique réveil ?
Réveil voluptueux de mon âme enfantine !
La campagne étincelle et celle qui m'attend
Rit d'avoir accueilli le retour de l'enfant
Aux yeux remplis du rêve enchanté des collines !
Et celle qui m'attend a des parfums puissants
Dans ses cheveux épars, de genêts et de rose.
Mon cœur s'enorgueillit de sa métamorphose...
O grande paix universelle, en moi descends !

Tout le ciel se déploie au vent, — vaste oriflamme !
Dans ses plis somptueux flotte mon rêve nu ;
Et je connais, mon Dieu, que vous êtes venu,
A ce fleuve de paix qui traverse mon âme.

TERZA RIMA

Sans espoir mais sans colère
Mon cœur vogue, vogue, l'eau
Coule sous la lune claire ;

Elle argente le bouleau
Qui s'érige en fer de lance ;
Et, baigné de son halo,

Comme un songe se balance,
A travers la nuit d'été,
— Barque d'ombre et de silence, —

Mon cœur, mon cœur enchanté !

SEUL

Ferme ton cœur comme une tombe,
Et ne dis pas, même tout bas,
Toi qui souffres, tout ce qui tombe
De ton âme, ne le dis pas.

Souffre en silence, cœur qui bats
Dans le secret de la nuit sainte;
Ils ne comprendraient pas ta plainte,
Ils riraient de tes longs combats.

Loin du monde ennemi qui dompte
Ta généreuse liberté,
Elargis ton cœur révolté
Sans mesure comme sans honte.

Vogue en toi-même, libre et fort,
Sur l'océan des solitudes.
Enracine tes certitudes.
Crache à la face de la Mort !

Et sûr de ta force infinie ;
Vers un univers calme et beau
Marche, et dis-toi que le tombeau
Ne te prendra pas ton génie !

SOLEIL

Le Soleil s'éparpille en baisers triomphaux
Et baigne de flots d'or l'or divin de tes tresses,
Et tes yeux bleus parfois, jettent sous ses caresses,
D'aigus reflets pareils à des éclairs de faux.

La prairie a dormi comme une belle femme
Sous la voix musicale et câline du vent ;
La voici s'éveiller sous le soleil vivant,
Frissonnante d'orgueil et d'amour — toute en flamme !

La prairie est heureuse et rit aux rêves bleus
Que lui verse le ciel dans l'or de ses corbeilles,
Et ses fleurs au calice éclatant sont pareilles
Aux yeux naïfs et clairs des étoiles des cieux.

Mais les célestes yeux sont moins bleus que tes yeux
D'avril où s'est levée une immortelle aurore,
Et devant leur regard ébloui que j'adore
Je retrouve la foi lointaine des aïeux.

Des clochers villageois vole, par intervalles,
Une grêle de sons crépitants et menus
Comme des voix d'enfants aux rires ingénus,
Où l'on sent palpiter des âmes virginales.

Qu'il fait bon vivre ainsi sous l'ombre de tes cils
Où ma vie ancienne et ma mélancolie
Dorment comme des songes d'antan qu'on oublie
Dans les gloires qui vont survivre à leurs)exils !

Ecoutons... Mon cœur sent des ivresses prochaines
Encloses dans le cours des heures en espoir;
Ecoutons, recueillis, ma chère, jusqu'au soir,
La voix des bois qui monte avec le chant des chênes !

BERCEMENT

Si vous voulez dormir, nous baisserons la lampe
Et l'ombre sera douce en la chambre sans voix ;
Nous ouvrirons notre fenêtre sur les bois
Et des souffles viendront caresser votre tempe.

Si vous voulez dormir, la musique des eaux
Sur les ailes de l'air vous arrivera toute ;
Vous sentirez glisser sa fraîcheur goutte à goutte —
Docilement avec l'haleine des roseaux.

Si vous voulez dormir, la lune voyageuse
Sur votre frais sommeil versera sa clarté
Et les étoiles d'or qu'éparpille l'Eté
Riront du plaisir clair de vous savoir heureuse.

DANS LE VENT

A Daniel Lantrac

Ce vent arrache par lambeaux
Les paysages de mon âme —
Les paysages clairs et beaux !
Ce vent, avec ses coups de faux,
Fait pleurer la voix de mon âme !

Il est debout, comme un guerrier,
Ce vent qui se personnifie !
Il accourt, faucheur meurtrier,
Pour faire, à coups de faux, crier
Les douleurs mortes de ma vie !

Oh ! qui va venir me défendre !
Il arrive avec ses yeux fous
Du fond des cieux rouges vers nous,
Couvert de douleurs et de cendre.

Ah ! ah ! musicien de larmes,
Jailli du gouffre des enfers,
Il va, secouant un bruit d'armes,
Marchant sur l'échelle des airs,
A travers la nuit qu'il effraie,
Sous la lune aux lueurs de craie
Exterminer tout ce que crée
L'âme errante de l'univers.

Il détruira de ses heurts rudes
Le silence des solitudes,
L'idéal repos des vallons ;
Il cinglera de ses lanières,
Frappant à grands coups répétés

Les arbres noueux des clairières
Et les fleurs qui sont en prières
Sous le dôme bleu des Etés.

Mais écoute, il tombe et s'apaise...
Donne-moi tes cheveux défaits !
Oh ! les ravages qu'il a faits !
Parmi tes cheveux que je baise:
Oh ! les ravages qu'il a faits.

Il s'apaise. On dirait qu'il pleure
A présent, sur le crime osé,
Et veut recueillir ton baiser
Doucement, comme l'on effleure,
Et sur tes lèvres se poser.

O pauvre vent mélancolique,
Peut-être est-ce pour s'étourdir
Qu'il s'enivre de sa musique —
Sa musique à faire mourir !

Harmonieuse symphonie !
Comme elle est douce maintenant
La musicale voix du vent
Dans la paix des bois infinie !

Dans la paix grise et recueillie
Son chant ne semble plus vivant,
Tant il est lointain, pauvre vent ;
Comme sa voix semble vieillie !

Sa voix toussotante, oh ! sa voix
Nous arrive comme en un songe ;
Elle agonise au fond des bois, —
Son cri passé semble un mensonge.

Qu'il est doux à mourir ainsi,
Suppliant, berceur ! Qu'il est tendre
Le hurleur effréné ! Voici
Qu'on ne va bientôt plus l'entendre...

LES POÈMES NON ÉCRITS

Dans les brumes sont des poèmes impalpables
Dont l'éclair virtuel veut au dehors jaillir,
Et qu'on sent au fond de soi-même tressaillir ;
Mais qu'à les divulger nous deviendrions coupables !

Floraison inouïe éclose dans nos sables,
Ils vivent de notre impuissance à les cueillir.
Nul stylet magistral ne saurait sans faillir
Figurer leurs beautés en des vers périssables.

Sublimes ils sont nés pour le contemplateur
Qui ne les voudra pas sur la page inutile
Où le signe serait à leur splendeur hostile.

Ils gravitent, muets, au ciel intérieur
— D'une essence à jamais étrangère à l'humaine —
Et, de son doigt de flamme, un dieu secret les mène.

SOIR

Oh ! vos cheveux pareils à des étendards d'ombre,
Lorsque sur des coussins ivres de lourds parfums
Ils versent la douleur d'un ciel d'orage sombre
Qu'ils éveillent en moi de souvenirs défunts !

Ma tristesse enroulée au gré de leurs spirales,
Prisonnière charmée en leurs réseaux subtils,
Voyage en des jardins aux fleurs monumentales
Qui dressent vers le ciel l'orgueil de leurs avrils !

Oh ! qu'ils évoquent de fontaines lamentantes
Parmi la floraison nerveuse de mes sens,
Et de souffles légers et d'accords caressants
A travers des forêts nocturnes d'épouvantes !

Laissez-les sur mes yeux ravis s'épanouir
Vos cheveux somptueux où pleurent des tempêtes ;
Qu'ils me cachent la vie et ses âpres défaites
Et réveillent en moi la voix des souvenirs.

Ils m'apportent la nuit radieuse que j'aime
Et les sanglots des mers pareils à mes sanglots ;
J'endormirai par eux mon rêve dans ces eaux
Purifiantes et qui lavent mes blasphèmes..

C'est en eux qu'à jamais je voudrais endormir
La douleur de mon âme enfantine et muette...
Oh ! laissez-les sur mes tourments s'épanouir
Vos cheveux de mélancolie et de tempête !

LES FILLES DE LA FERME

A Clément Lanquine

Les Filles de la ferme, au sourire d'enfant.

Qui cueillent tout le jour le raisin d'or des vignes,.

Ont des gestes naïfs et doux comme des cygnes

Et des yeux où l'amour s'étale — triomphant !

Elles rentrent le soir sous l'ombre des prairies

Où leurs rires joyeux s'échappent en essaims.

Un parfum jeune et chaud s'exhale de leurs seins ;

Leurs lèvres ont le goût des campagnes fleuries !

Elles chantent. L'air clair qui caresse leur chair
De sonores baisers les berce et les enivre ;
Elles chantent la joie et la fierté de vivre,
Et leurs rires ailés s'envolent dans l'air clair.

Le Soir semble écouter, grave, au fond de la plaine,
Le rythme paresseux de leurs folles chansons.
Leur candeur fait rêver les oiseaux des buissons.
Le ciel plus doux semble ridé de leur haleine.

Elles chantent en chœur, et les sources des bois
N'ont pas de sons plus purs que leur fraîche musique ;
Et la Nuit à pas noirs, descend, mélancolique
Sur les rires derniers et les dernières voix.....

SONNET

Le soir glisse le long dés collines fleuries
Et le ciel attristé de la mort du soleil
Etend des voiles de douleur sur les prairies
Où l'eau semble rouler en elle du sommeil.

La fenêtre est ouverte, et dejà dans la chambre
Où s'entr'ouvent nos yeux de tristesse charmés,
Des souffles campagnards montent mêlés à l'ambre
De tes cheveux, de tes lourds cheveux bien aimés !

Et moi que ton regard mystérieux étonne
A cause du silence étrange et de l'automne
Qu'il évoque parmi la plaine qui s'endort ;

Moi pour qui nulle joie ici-bas ne subsiste,
Je voudrais m'accouder pour songer à la mort,
A l'ombre de tes yeux diaphanes et tristes !

DANS LE RÊVE

A Louis Bausil

Vis sans te soucier d'interroger les choses ;
Baigne-toi dans la joie et subis la douleur.
Les roses t'on souri? penche-toi vers les roses,
Et leurs parfums naïfs et charmants, prends-les leur.

L'ignorant c'est l'heureux ; crains la science amère ;
Au lieu de vivre crains de longuement mourir ;
Vis, espérant toujours, du fond de ta misère,
Voir un jour le soleil resplendissant surgir !

9

Va sans savoir comment ni pourquoi tu traverses
Ce monde de folie et de perversité,
Et quand maux et douleurs tomberont en averses,
Laisse glisser sur toi leur froide vanité.

Ne questionne pas la vie. Aime-la. Passe.
Le bonheur germe et monte en nous comme un printemps,
Et c'est nous qui peuplons à notre gré l'espace
De nuits pleines d'orage ou de jours éclatants.

Le monde est en toi seul. Vas et conduis ton âme
Par les routes du rêve où s'enivre ton cœur;
Cueille en passant la fleur douce comme la femme,
Et prends sur ton chemin la femme avec la fleur.

Vers les sommets hantés du vautour et de l'aigle
Monte, cœur rajeuni de battre près du ciel,
Car c'est l'unique force et la suprême règle
D'édifier en toi le rêve essentiel.

Vis et rêve. La vie est brève. Vis et rêve.
Car le rêve ouvre seul les horizons vermeils,
Et nos yeux, à travers l'infini qui se lève
Regardent en riant monter d'autres soleils.

Rêve, Le rêve écarte infiniment les voiles
Qui couvrent l'univers de mystère et d'ennuis,
Et, si ton âme a foi dans les yeux des étoiles,
Va chanter ta grandeur dans la grandeur des nuits !

Sache te confiner, — ignorant mais sublime, —
Dans ta tour, loin de ceux qui n'auront pas vécu ;
Et si de ta retraite on veut te faire un crime,
Tu seras l'outragé mais non pas le vaincu.

SOMMEIL

A Paul-Louis Garnier

Dans le demi-jour, sous les hautes branches
Du jardin qui brille, ivre de soleil,
Elle dort parmi les floraisons blanches, —
Nue ! — et ses grands yeux chargés de sommeil.

Sa poitrine chaste en battements calmes
Se soulève à la musique du vent
Rapide qui rit à travers les palmes
Et glisse le long de son corps mouvant.

Son visage doux soudain s'illumine
D'une volupté croissante. On dirait
Qu'un rêve d'amour en elle chemine
Et sur son corps blanc soudain transparaît.

Et ce corps de femme a tant de lumière,
Tant de rêverie et de pureté,
Qu'on croirait, parmi les fleurs en prière,
Sous l'or du soleil voir dormir l'Eté.

SONNET

A Auberge de Garcias

Mon cœur qui se souvient de sa mauvaise enfance
Habite une maison de ténèbre et d'amour,
Et, sinueux dédale, égare en maint détour
La Vie aux yeux de lumineuse méfiance:

Du passé que mon âme a voulu renier
L'indélébile voix pleure toujours en elle,
Où, rebelle aux clartés de l'aurore nouvelle,
Mon autrefois s'exalte à se réfugier.

C'est en vain que le ciel se transforme sans trêve !
Mon ciel intérieur immuablement rêve
Et la douleur farouche y bâtit son palais.

Aux assauts du dehors âprement il résiste !
Et le temps qui l'assiège endurcit à jamais
Cette prison où dort l'orgueil d'une âme triste.

10

PAUVRE CŒUR LEURRÉ...

Pauvre cœur leurré,
Pauvre âme sans bien,
Il ne sert de rien
De désespérer.

Pauvre voix malade
D'un trop long silence,
Et dont la souffrance
En sanglots s'évade !

Cœur énamouré
D'un regard, d'un rien !
Ton rêve aérien
S'est évaporé...
Pauvre cœur leurré !

ELLE VOIT LE MONDE.....

Elle voit le monde
Dans sa vérité :
O sagacité
D'une âme profonde !

Toute la rancœur
Dont la vie est pleine
N'a pas mis de haine
Dans son petit cœur.

Petite, petite
Ame sans détour,
Qu'un seul mot d'amour
Ouvrit sans limite !

VIENS T'ACCOUDER...

Viens t'accouder au bord de ma mélancolie
Dans le jardin où l'Eté rit et se répand ;
L'or du ciel empourpré qui sur les fleurs descend
Embrase ma multicolore rêverie.
Le ruisseau chante ! Le ruisseau chante ! Parais
A la fenêtre, derrière les vases clairs;
Dans ce bourdonnement nostalgique des airs
Je sens mon âme comme sous un voile épais.
O fête des fleurs et du ciel bleu qui m'enivre !
O ciel bleu où mon âme est malade de vivre !
O l'eau presque trop pure et reflétant si mal
Mon visage ! Et le bruit on dirait anormal
Du gris jet d'eau qui fuse alerte vers l'espace,
— Et sur mon âme, comme en deuil, ce vol qui passe !...

VOULEZ-VOUS REVENIR...

Voulez-vous revenir, ô cher cœur adoré,
Vers les fleurs d'autrefois, parmi les frais ombrages ?
Nous y rafraîchirons nos cœurs fous de voyages
Et qui cherchent le ciel pour avoir trop pleuré.

Voulez-vous revenir vers l'ombre fraternelle
D'où s'aperçoit au loin la lumière des monts,
Au bord des sources, dans les bois que nous aimons,
Peuplés de vols chantants et de batailles d'ailes !

Revenons vers la vie agreste où nos chansons
S'évaderont de nous comme des prisonnières
Folles de retourner aux palais des lumières,
Loin de la ville obscure où nous dépérissons.

Fuyons, élançons-nous vers la voûte éclatante ;.
Et, mêlés aux rayons dispersés par les airs,
Nous sentirons en nous tressailir l'univers,
Dans l'orgueilleux oubli de tout, qui nous enchante !...

AU CRÉPUSCULE

Oh ! demeure parmi la paix de ma tristesse ;
Le soir tombe là-bas, et j'ai peur d'être seul.
Fais-moi de tes bras blancs comme un pâle linceul
Un oreiller de rêverie et de caresse.

Laisse ton cher regard éclairer de son feu
Mon nocturne désir qui s'élève et te prie ;
Tes yeux sereins sont la monotone prairie
S'étalant sous un ciel uniformément bleu.

Le visage du Soir à la fenêtre pleure
Et nous regarde nous aimer pieusement ;
N'allume pas encor la lampe ; l'ombre ment,
Complice de l'amour et du mutuel leurre !

L'ombre qui bruira du vol de nos baisers,
C'est l'église de foi, de mystère et de songes.
N'allume pas la lampe et gardons les mensonges
Qui font nos cœurs silencieux et reposés.

Le crépuscule neige au dehors et s'attarde,
Le soleil radieux se fond en fleurs de sang,
Et déjà par les cieux la lune caressant
Les bois, promène sa douleur morte et hagarde.

Nous rêverons ainsi pour charmer notre ennui,
— Croyant sentir en nous l'éternité qui passe
Dans les parfums ailés qui vivent dans l'espace —
Les yeux enveloppés de silence et de nuit !

OCÉAN

La nuit étend ses larges ailes d'épouvante ;
La mer monte et sa voix gronde profondément,
Appel mystérieux de quelque dieu dément
Que, dans un ciel lointain, la vie humaine tente.

La mer monte plus haut, les lames bondissant
Sur les rocs, éclaboussent la nuit d'étincelles.
On dirait qu'un grand ciel plein d'étoiles ruisselle
Sur les récifs perlés de vert phosphorescent.

La mer monte et ses bras multipliés se tordent
Autour de l'ombre des granitiques rochers ;
Effroi ! je sens des lutteurs géants s'approcher
Et s'enlacer, poings entrechoqués, dents qui mordent !

O vision de meurtre éparse au vent mauvais !
Rumeur noire des flots où mon âme se noie !
Il me semble qu'on vient d'assassiner ma joie
Dans un coin de mon cœur aux obscures forêts.

Colloque monstrueux sous la lune malsaine !
La mer désespérée écume vers la nuit
Et la nuit se penchant soupire son ennui
Vers la mer en sanglots dont l'âme se déchaîne !

Toutes ses âpres voix qui pleurent dans ses eaux,
Sont-ce les voix des morts qui, pêle-mêle, en elle
Roulent, ensevelis sous le poids de son aile,
Envieux des gazons épais et des tombeaux ?

* * *

Parfois pourtant ces voix multiples de la houle,
Ce tumulte indistinct se fond en unisson ;
La mer bat comme un cœur, alors qu'à l'horizon
Le soleil, vieux roi surchargé de gloire, croule.

Tu dors en elle aussi, soleil du souvenir :
Un peu de ma douleur chemine dans les vagues,
Et, tout au fond de moi, bercée à leurs chants vagues,
Se soulève et voudrait à fleur d'âme surgir.

Car la mer a gardé l'âme des rêveries
Qu'autrefois sur ses bords avec ma sœur d'amour
Je venais égrener, aux soirs de nos beaux jours,
Les yeux perdus parmi ses marines prairies ;

Quand un rire de femme éparpillait dans l'air
Ses flots étincelants de cristal et de perle,
Quand le murmure ami de la mer qui déferle
Endormait dans mes bras l'aimée au rire clair,

Ou que nos cœurs, unis à sa musique ardente,
Emportés côte côte au tourbillon des vents
Dans des rêves d'éclairs et d'étoiles, vivant
Hors d'un monde dupeur, loin de la chair navrante,

Se sentaient, — ivres d'air et d'azur rajeunis, —
En leur splendide essor planer sur ce qui passe,
Conquérants passagers du temps et de l'espace,
Ensorcelés dans des abîmes d'infini !...

II

POÈMES DÉ TRISTESSE ET DE JOIE

(PROSES RYTHMÉES)

Te rappelles-tu ce matin où les haleines chaudes des brises chantaient?

Te rappelles-tu cette matinée d'Avril où les voix gazouilleuses des oiseaux tristes chantaient?

Te rappelles-tu comme il y avait des sourires de fleurs piqués sur le velours vert des prairies?

Et comme tu étais jolie à te mirer au lac gris qui riait de t'avoir tout entière!

Comme toi il riait, le lac gris, et le soleil soudain jaillissant t'a fait une robe de rayons!

Et la robe de rayons d'or s'est mirée au lac gris avec toi, au lac gris qui s'enorgueillissait de t'avoir tout entière!...

Te rappelles-tu comme il y avait de fraîches odeurs d'herbes mouillées et de roses rieuses et d'acacias jolis ?...

Mais l'odeur de ta fraîche jeunesse !

Oh ! l'odeur blonde de ta jeunesse d'aurore parmi cette aurore claire, comme elle était meilleure encore à respirer !

O amie, n'oublieras-tu pas cette matinée éclatante d'Avril où, avec les haleines chaudes des brises, l'amour chanta !...

II

A Théobald Lanquine

Mon âme, laisse-toi conduire dans les chemins de la fantaisie :
Il y aura des parfums et des bouquets de fleurs étincelantes !
Mon âme, laisse-toi conduire dans les chemins de la poésie ;
Il y aura des voix de gaîté, dans les buissons touffus.
Mon âme, laisse-toi conduire dans les routes du Rêve ;
Il y aura des baisers, des rires et de l'amour !
Les vois-tu les chemins du songe ? Les voici ! Vive le soleil !
Les Voici ! Vive le réveil ! le réveil de ma jeunesse ardente !
Cueillons ces fleurs, cueillons ces rayons, cueillons ces gloires !
Loin, les mensonges accablants de la vie exaspérante !
Loin, les douleurs et les désirs inapaisés !
Voici le palais de la sereine lumière !

Le palais où s'épanche une onde d'oubli !
Refais ta vie, ô mon âme, refais ta vie !
Oublie ta vieille vie et laisse tes vieux leurres !
Voici l'heure de rayonner, mon âme, voici l'heure

III

A Albert Keim

Je suis l'enfant qui passe et qui souffre.
Je suis l'enfant de la Pitié et de la Tendresse.
Il me fallait du soleil un peu sur ma vie !
Il me fallait de la gaîté un peu sur ma vie !
Et j'attendais et j'écoutais comme si quelqu'un allait venir !
Mais personne n'a ouvert la porte à mon désespoir.
Personne n'a jeté sur ma vie douloureuse une pluie de fleurs !
Le monde rit à mes côtés.
Ils se disent tous : à quoi songe-t-il ?
Tous ceux que j'ai connus m'ont peut-être aimé.
Mais l'amour que je rêve n'est pas de cette vie !

Il est si triste et si beau que jamais une lumière de là terre
n'éclairera sa nuit !

Il faut s'en aller loin des hommes, mon âme.

La terre est mauvaise, la terre est tumultueuse.

Vers le ciel de Beauté, mon âme, tendons les voiles,

Hors de la vie voguons à pleines voiles... loin d'ici-bas !

IV

A Henry Simon

Je retrouverai la paix loin de l'infamie des hommes.

Je retrouverai la lumière loin du chaos des hommes.

Toi qui fus le tyran de ma raison,

Toi qui me fis l'esclave de ta folie ;

O chère, qui m'as abandonné,

Je t'anéantirai dans l'oubli parmi la solitude.

Je tuerai ton image gracieuse qui m'a tué.

J'effacerai de mon âme ton persécuteur souvenir.

Et je fermerai mon cœur à tes appels. Que le désir s'éteigne
en toi de revivre telle que tu as été,

Telle que tu as été dans mon rêve et dans ma vie ancienne.

13.

Ne frappe point à la porte de mon indifférence.

Le silence seul répondrait.

Je vais m'en aller loin du bruit de tes paroles vaines,

Loin du tumulte vain de tes baisers de feu.

Je vais m'arracher aux griffes cruelles de ton délire.

Tu fus l'ange de ma joie et de ma douleur.

J'ai sangloté ma pauvre vie entre tes bras d'hermine douce.

J'ai pleuré le sang de mes yeux sur ton corps adoré.

Laisse-moi fuir loin des batailles,

Parmi l'apaisement de l'irréelle sérénité !

J'irai plonger mon âme dans les eaux de la solitude ;

Et pour jamais j'y goûterai l'oubli des jours passés et morts

V

A Auguste Achaume

La nuit est calme comme une tombe.

La nuit est sereine comme le lac qui s'endort.

La nuit est douce comme une femme triste.

Rêves de mon âme, l'heure sonné de prendre votre vol !

Exilez-vous dans la nuit silencieuse.

Rêves de mon âme, sous la lune blanche, évaporez-vous lentement.

La chouette a gémi son cri monotone dans le silence monotone.

L'herbe a frémi sous le froid baiser des vents immortels !

La route déserte semble rêver des pas défunts qui l'ont traversée.

Le ruisseau bleu poursuit son rire inconsolé.

Les fleurs boivent des rayons de lune. Les fleurs pleurent sous la lune.

La tristesse a ouvert son manteau et les ombres se sont répandues.

La Tristesse plane en un vol lugubre, —

La Tristesse, oiseau magistral de la Nuit !...

Sombre destinée de l'Amour ! Voici l'heure des amants fidèles !

La Mort plane sur l'Amour.

C'est en ton sein, ô nuit mortelle, que les hommes aiment à s'aimer.

Sois leur clémente et sois leur douce,

O Nuit profonde comme une tombe !

A Gustave Violet

C'était une nuit pâle avec la seule mélodie du Silence !
C'était une nuit blême comme un songe défunt !
Et je marchais sous les arbres recueillis —
Sous les arbres qui versaient des parfums de mélancolie !
Et il me sembla qu'avec la nature mon âme seule vivait !
Le monde s'était endormi dans l'immuable sommeil !
Les hommes mes frères dormaient dans le repos de la tombe.
Et la Nature à son tour voulait mourir !
Mais il y avait de la pitié en elle, —
De la pitié pour mon âme qu'elle allait abandonner dans
la vie !

Car elle se disait : Comme il va-pleurer !

Car elle se disait : Comme il-m'a aimée !

Et elle semblait vouloir maintenant retarder sa mort imminente.

Mais soudain il y eut un grand déchirement final

Et ce fut là nuit éternelle !

Et seul je demeurai vivant ! parmi l'universelle Mort !...

Tu ne viendras plus dans la chambre encore triste de ton adieu.

Tu ne viendras plus dans la maison encore en deuil de ta fuite.

Et je m'en irai — pauvre voyageur sans amour !

Je m'en irai avec des regrets si lourds sur mon ame !...

Le soleil de ton regard est mort et l'agonie appareille,

L'agonie appareille ses barques pour venir prendre mon âme !

Mais en moi-même déjà, mais en moi-même se creuse le tombeau,

Le tombeau de mon rêve et de mon espoir !

Vois-tu, je suis parti de la vie depuis le jour de ton exil !

Tu as été si vite lasse de la pauvre voix de mon rêve !

Tu t'en es allée vers une âme plus joyeuse.

Et moi qui suis resté seul en face de mon abandon,

Seul, dans cette chambre où nous vécûmes,

Seul, dans cette chambre où nous avons aimé,

Je mourrai en respirant ton haleine et tes baisers défunts,

En m'enivrant de ces tendresses mortes qui survivent dans le
souvenir.

Et je m'en irai bercé par la voix lointaine !

Par ta voix qui me chantera des prières de sépulture, —

Ta voix douce comme la Mort !...

VIII

A Pierre Fabre

Il y a des fantômes de douleur aux allures nocturnes qui se promènent avec lenteur sous les ombres de mon âme,

Il y a des fantômes de douleur!

C'est à l'heure où la nuit ouvre ses ailes profondes, qui font pleuvoir des parfums de Néant!

Le vent grimace aux fentes des portes!

Des roses s'effeuillent doucement dans le jardin...

Et le jardin se lamente de se voir revêtu des larmes sanglantes des roses!...

Le jardin pleure.

C'est une nuit sépulcrale sous les ombres de mon âme.

Il y a au loin — on croirait dans l'autre vie — un son de cloche qui agonise !

Et mon âme se penche pour écouter.

Car cette cloche qui pleure avec des sanglots de voix humaine, c'est peut-être la sœur de mon âme qui l'appelle en l'autre vie !

Mais soudain la cloche ne parle plus.

Et mon âme demeure penchée, n'osant se relever encore et pensant toujours que c'est une âme, sa sœur, qui l'a voulu appeler dans l'autre vie !...

IX

A Joseph Massot

Il fait clair ce matin dans les jardins bleus de mon âme !
Les arbres en sont tout fleuris !
Il fait joyeux aujourd'hui dans les jardins clairs de mon âme !
Les pensées y voltigent comme des oiseaux de printemps.
Le bonheur y chante comme une source à l'aurore.
La joie s'y promène comme une belle dame gracieuse.
Il y a des rayons de jeunesse et des clartés d'espoir,
Des parfums fleuris et des chansons heureuses !
Oh ! si longtemps comme il fut triste le jardin de mon âme !
Je n'espérais plus le voir refleurir !
Mais le voilà resplendissant de vie !

Mais le voilà vêtu de royale vie !.

Fou de santé, fou d'amour !.

Si pourtant c'était l'annonce de ton retour, ô amie !

Si pourtant c'était le retour de tes yeux clairs, ô amie !

Toi qui partis si lasse de me voir morose,

Le voici maintenant le soleil souhaité,

Voici le chant de la vive allégresse !

Voici les carillons de la joie éparpillant leurs notes folles

Et voici l'Avril revenu vers nous !

X

DANS LE SOIR

A Paul Carcassonne

Mon âme, quelle est cette obsédante mélodie qui s'égrène comme une prière monotone dans les parfums du soir ?...

Elle semble ancienne.

— Les âmes des morts pleurent dans le vent des nuits. —

Sous le dôme des arbres tristes d'où descendent en farandoles des criailleries d'oiseaux invisibles, cette mélodie passe et repasse comme dans un rêve !

— Les violoncelles du vent soupirent comme des voix lointaines. —

C'est sans doute dans ta vie antérieure et supra-sensible, ô mon àme, que tu as entendu cette mélodie monotone, cette mélodie qui semble jaillir des lyres séraphiques et lumineuses, là-haut, derrière le ciel !

Ce sont les anges éternels qui prient par-delà les étoiles !

— Les violoncelles du vent soupirent comme des voix. —

Oh ! les âmes des morts se désolent dans la tempête des vagues marines qui déferlent sur les informes rochers.

Obsédante et monotone, cette mélodie pleure sans trêve et se prolonge, semblant monter des abîmes de l'Infini !...

XI

LES NYMPHES

A Louis Codet

Sous le clair de lune dansent en rond les nymphes en robes légères.

Les nymphes glissent dans les baisers du vent, parmi des odeurs de lys et d'héliotropes.

C'est l'heure où la Nature sommeille allongée sous le bleu silence de la lune suspendue comme une lampe d'argent dans l'église de la Nuit.

Des rondes de nymphes vont et viennent, tournent en tourbillons rapides, — rapides jusqu'au vague ; et leurs rires agiles comme des flèches volent jusqu'aux innombrables étoiles éparpillées dans l'azur immortel !...

TABLE

Imprimerie Chassetamps, 33, rue Saint-Jacques. — Paris